かぐやひめ

**KAGUYAHIME**

# ONCE UPON A TIME

むかしむかし、あるところに、おじいさんと おばあさんが すんでいました。
おじいさんは やまで たけをとって くらしていました。

*Long, long time ago there lived a Grandpa and a Grandma.*
*Grandpa was a bamboo craftsman.*

# BRILLIANT BAMBOO

あるひ、おじいさんが やまで たけをとっていると、
いっぽんのたけが ぴかぴかと ひかっていました。
「おや、なんとふしぎな たけじゃろう」
おじいさんは たけを きってみました。

One day, when Grandpa went to the bamboo forest, there was a brilliant bamboo!
"What a mysterious bamboo!?" He cut it open.

すると、なかから ちいさな おんなのこが あらわれました。
*And inside it, he found a little girl.*

「なんと うつくしい,,,」

おじいさんは おんなのこを
おばあさんと そだてることにしました。

*"How beautiful..."*
*Grandpa decided to raise her with Grandma.*

# HOLY BABY

おんなのこは

**かぐやひめ**と

なづけられ、

*She was named **Kaguyahime**.*

ぐんぐん そだっていきました。

*And grew up so fast.*

「このこばんで、かぐやひめのために おやしきをたてよう」
おじいさんと おばあさんは
そこで かぐやひめと くらしはじめました。

*"I'll build a mansion for Kaguyahime with this money."*
And they started living there with Kaguyahime.

うつくしいむすめに せいちょうした
かぐやひめは、まちで うわさになり、
5にんの おかねもちから けっこんを もうしこまれました。

*Kaguyahime grew up to be a beautiful lady. Rumors spread out and five rich men proposed to her.*

# TO BE LOVED?

しかし、
とつぜんのことに とまどった かぐやひめは、
けっこんの じょうけんを だすことにしました。

*However, the sudden proposals confused her, so she set a requirement for the marriage.*

「ほとけさまのうつわを
　　もってきてくれたら けっこんしましょう」
*"Let's get married if you bring me a Buddha's bowl."*

ひとりめのおかねもちは ないしょで うらやまに うつわを とりにいきました。
*The first rich man went to the nearby hill to get a familiar bowl in secret.*

「しんじゅの みが なるえだ」を
　　　もってきてくれたら けっこんしましょう」
*"Let's get married if you bring me branches which bear pearls."*

ふたりめのおかねもちは ないしょで しょくにんに つくらせました。
*The second rich man made the craftsmen make artificial branches in secret.*

しかし
「おかねをはらってください」と
しょくにんが やってきてしまい、

But the craftsmen came back to say "Please pay us."

かぐやひめに にせものが ばれてしまいました。

She found out it was fake.

「ねずみのかわでつくった もえないぬのを
　　　　もってきてくれたら けっこんしましょう」
*"Let's get married if you bring me a nonflammable cloth made with rat leather."*

さんにんめのおかねもちは ないしょで
　　　　ちゅうごくから きれいなぬのを おくらせました。
*The third rich man bought a beautiful cloth from China in secret.*

「りゅうのたまを もってきてくれたら けっこんしましょう」
*"Let's get married if you bring me a dragon ball."*

よにんめのおかねもちは ふねにのって りゅうを さがしにいきました。
*The fourth rich man got on a boat to find a dragon.*

「つばめがうんだ きれいな かいがらを
　　　　　もってきてくれたら けっこんしましょう」
"Let's get married if you bring me a shiny shell laid by a swallow."

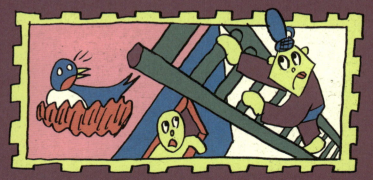

ごにんめのおかねもちは はしごをのぼって
　　　　　つばめのすから かいがらを さがしました。
The fifth rich man climbed the ladder to find the shell from a swallow's nest.

# THE PHANTOM MENACE

「かぐやひめよ このわたしとは
けっこんしてくれるであろうね?」

*"Kaguyahime, you will marry me, right?"*

みかどは かぐやひめを だきしめました。

*He held her tightly.*

「おお、、どこへいってしまったのだ、
かぐやひめ!」

*"Oh, where have you gone?"*

みかどは ただただ そのばに たちつくしてしまいました。

*The King stood there in panic.*

べつの ばしょで きが ついた かぐやひめに
つきから こえが きこえてきました。

「かぐやひめ、あなたは つきの たみです。
つぎの まんげつの よるに つきに
かえらなければ なりません」

*Kaguyahime woke up in a different place,
and heard a voice from the moon.
"Kaguyahime, you are the Moon People.
You must come back next night when the moon is full."*

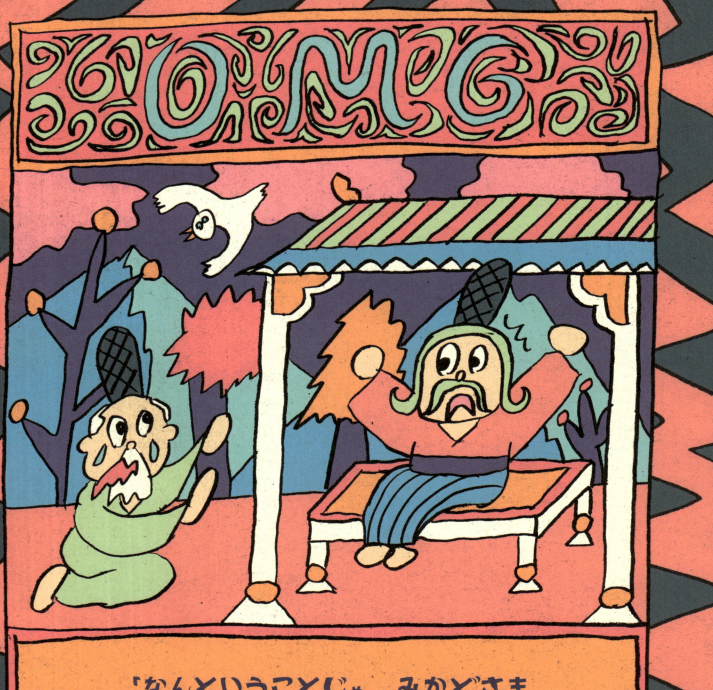

「なんということじゃ、、みかどさま、
どうか かぐやひめを おまもりください！」

"Oh no, please help her my King!"

かぐやひめは ちゅうをみつめ みちびかれるがまま いってしまいました。

*Kaguyahime looked into space and went as guided.*

そして、つきのきものを きせられると、
おじいさんや おばあさんや それまでのことを
すっかり わすれてしまいました。

*And when she wore the kimono of the moon,
she forgot Grandpa, Grandma and everything.*

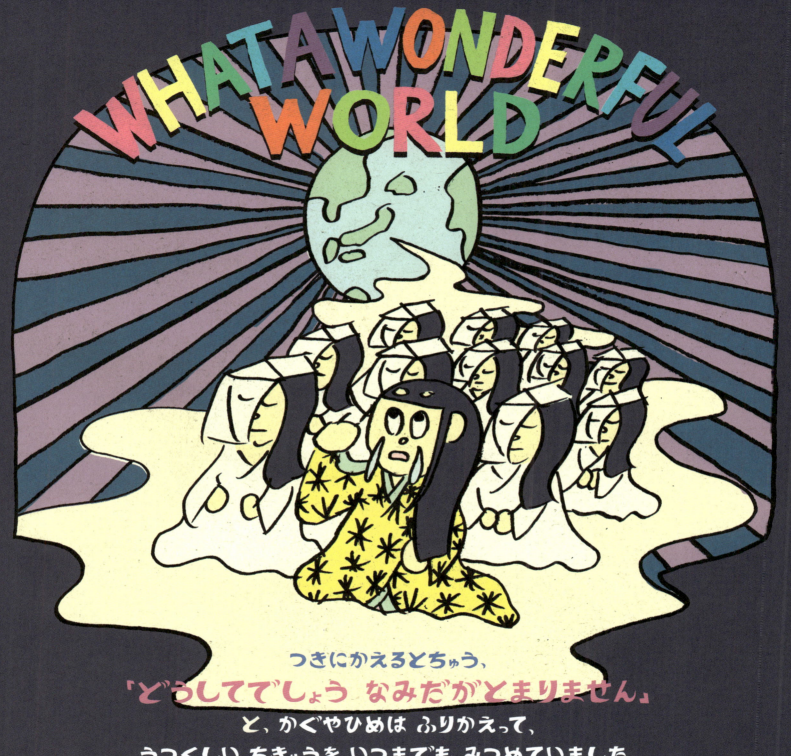

## -CAST-

| | |
|---|---|
| Kaguyahime | かぐやひめ |
| Grandpa | おじいさん |
| Grandma | おばあさん |

| | | | |
|---|---|---|---|
| First Rich Man | いしづくりの みこ (ひとりめのおかねもち) | Bowl | ほとけの みいしの はち |
| Second Rich Man | くらもちの みこ (ふたりめのおかねもち) | Branches | ほうらいの たまの えだ |
| Third Rich Man | あべの みうし (さんにんめのおかねもち) | Cloth | ひねずみの かわごろも |
| Forth Rich Man | おおともの みゆき (よにんめのおかねもち) | Ball | りゅうのくびの たま |
| Fifth Rich Man | いそのかみの まろ (ごにんめのおかねもち) | Shell | つばめの こやすがい |

| | |
|---|---|
| King | みかど |
| Moon People | つきのたみ |
| Rabbit | うさぎ |

## -STAFF-

### -ILLUSTRATION-

Kentaro Okawara　おおかわら けんたろう

### -DIRECTION-

Takahito Hirata　ひらた たかひと
Yohei Ishimaru　いしまる ようへい

### -ENGLISH-

Laura　ろーら
Marie　まりえ

## 大河原 健太郎

　1989年生まれ、東京都出身。東京とソウルを拠点に、絵画、彫刻、書籍、ストリートウェアのコレクションやコラボレーションなど、さまざまな媒体で活動しているアーティスト。

　大河原の作品には、シュールでありながら親しみやすいキャラクターが登場する。人間、生き物、そして擬人化されたオブジェクト同士が親密かつ奇妙な方法で互いに作用し、誰もが愛着を持てる世界を作り出すことで、「芸術を作ることは愛の表現であり、互いにつながる手段である」という彼の長年の信念を追求している。

　大河原の鮮やかな色彩と様式化されたモチーフの世界の中で、彼は目と目を合わせ、顔を合わせて直接コミュニケーションをとることの重要性を説いている。私たちが主にインターネット上で考えや感情を交換しているように見えるこのデジタル時代に、大河原の作品は、もう一度考えることを、また互いの違いを認め合う事を、そして私たちが本来持っているはずの"人間性"を取り戻すことを訴えかけている。

　近年の個展に"BE THE ONE"（i Gallery、大阪、2023年）、"OUR LIFE"（HATO studio、ロンドン、2022年）など。

## Kentaro Okawara

Born 1989 in Tokyo, Japan.
　Kentaro Okawara is a Tokyo/Seoul based artist working across various mediums from painting, sculpture and books to streetwear collections and collaborations.
　Okawara's work explores his long held belief that making art is an expression of love and a means to connect with each other. Each piece presents a surreal yet familiar cast of characters; a cocktail of humans, creatures, and personified objects interact with each other in intimate and bizarre ways to create a world that can be endearingly engaged by all.
　Within Okawara's world of bright colours and stylised motifs he addresses the importance of direct eye-to-eye and face-to-face communication. In this digital age where we seem to exchange our thoughts and feelings primarily over the Internet, Okawara's work encourages us to think again, cast aside our differences and re-connect to our shared humanity.

Latest exhibition: "BE THE ONE"(i Gallery / Osaka, JP, 2023), "OUR LIFE"(HATO studio / London, UK, 2022)

---

### かぐやひめ　　　　　　　　　　　　　　　　　　　　　ISBN978-4-908749-02-5

絵　　大河原 健太郎

2017年3月3日 「ひなまつり」 第1刷；2023年5月5日　第2刷
発行　　TANG DENG 株式会社 / POO POO BOOKS　〒151-0064 東京都渋谷区上原1-32-18-3F
電話　　03-4405-9346

**KAGUYAHIME** by Kentaro Okawara
2017.3.3 "Hina-Matsuri"(the Festival of Girls) 1st impression / 2023.5.5  2nd print
Originally published by TANG DENG CO., LTD. / POO POO BOOKS, Tokyo, 2017

Printed in Japan

www.tangdeng.tokyo　　　www.poopoobooks.club　　　kentaro0308.com